Los principes muy excellẽtes de castilla y de aragon.
37

Kotter Editorial
2021

POEMAS PÓSTUMOS

Andityas Soares de Moura Costa Matos

fantasias para rapazes e moças durante o genocídio

coordenação editorial
Sálvio Nienkötter

editor executivo
Claudecir de Oliveira Rocha

editora-adjunta
Francieli Cunico

capa | projeto gráfico
Paula Villa Nova

produção
Cristiane Nienkötter

colagens
Fabiana Gibim

Dados Internacionais de Catalogação na Publicação (CIP)
Angélica Llacqua CRB-8/7057

Matos, Andityas Soares de Moura Costa
Poemas póstumos: fantasias para rapazes e moças durante o genocídio | Andityas Soares de Moura Costa Matos
Curitiba: Kotter Editorial, 2021.
140 p.

ISBN 978-65-5361-029-3

1. poesia brasileira 1. Título "Poemas póstumos: fantasias para rapazes e moças durante o genocídio"

CDD 869.1

21-5454

Kotter Editorial
Rua das Cerejeiras, 194
82700-510 | Curitiba/PR
+55 41 3585-5161
www.kotter.com.br | contato@kotter.com.br

1ª edição
2021

SUMÁRIO

Apresentação 10

incipit comoedia 13
praça da liberdade 14
à maneira de Bukowski 17
satanás: 19
duas boas mulheres 20
alejandra 20
emily 21
retrospectiva até agora 22
[*hoje estou me sentindo*] 25
já era 27
on/off 29
dirigindo bêbado 30
diabolous in musica 31
mágoa 33
a filha que ainda não veio 2 36
o tempo 41
eu amaria I. V. 42
aos 15 anos, aplicando um questionário ao meu irmão de 5 44
the gentle art 45
baseado em fatos reais 48
[se você compreendeu] 51
a verdade 52
[esperança] 55
macetes do *pac-man* (ainda com meu irmão de 5 anos) 57
vamos fazê-los suar 58
el de la isla 61
de um micrograma perdido de Robert Walser 62
[volte algumas páginas] 63
mátria 64
[meu próximo] 65
xingamentos 67
[A vida não cabe na palavra!] 68
[A vida cabe na palavra!] 69
Só sobrem 71
[escrever não é gostoso] 72
eles, os juízes 73
SONHADA•LUT'AMOROSA •DE•POLIFILO 74
[aquela música] 76
[a poesia está por aí] 77
também não 78
ARS LONGA VITA BREVIS 81
disse me disse 83
Rosa ao rádio (Berlim, 1919) 84
para morrer bem 85
um pequeninissimo inferno 87
tatuagem encontrada no mindinho de Kafka 89
átono 90
o homem que esqueceu como respirar 91

declaração 93
Errata do poema anterior 95
velhos amigos 96
severas limitações 97
ars amatoria, brasil, 2021 99
o gato fenomenológico 101
Pax romana 103
arquitetura 104
Négligée 105
Jovem Buda 106
[por que você não cala a boca] 107
contra o horror 108
a grandeza da poesia brasileira 109
hino 111
só 113
sábado, 20 de março
de 2021 (dia internacional
da felicidade) 114
uma ideia 118
não aqui 119
novos talentos 121
your satanic majesty 123
homem de bem 126
argumentos kafkianos 128
[depois de 42] 131
[não devorar a derradeira] 133
Instagram 134
peça final 135

Sobre o autor 138

Se é a morte, não somos nós.
Se somos nós, não é a morte.

Epicuro

Contra essas duas posições [aqueles que afirmam a importância da poesia apenas com a condição de confundi-la por inteiro com a vida, e aqueles para os quais sua importância é, ao contrário, função exclusiva do fato de dela isolar-se] está aquela que é atestada pela experiência do poeta: a afirmação de que poesia e vida, mesmo no caso de elas divergirem infinitamente no plano da biografia e da psicologia do indivíduo, voltam a confundir-se sem resíduos no ponto de sua dessubjetivação recíproca. E elas – nesse ponto – se unem não imediatamente, mas em um meio. Esse meio é a língua. Poeta é aquele que na palavra gera a vida. A vida, que o poeta gera na palavra, é subtraída tanto ao vivido do indivíduo psicossomático quanto à indecidibilidade biológica do gênero.

GIORGIO AGAMBEN
Categorias italianas, pp. 121-122

Apresentação

Sobreviver a 2020 não é pouca coisa, pensamos hoje nós que vamos sobrevivendo a 2021 com um olhar exausto pousado no enigma de 2022. E não é pouca coisa pensar em 2020, não é coisa pouca pensar, e ponto; ainda mais se constatamos inequivocamente como "aqui / agora / tudo se tornou // irrespirável". Pensar duramente do que nos cerca, definitivamente, dói. Esse é talvez o cerne destes *Poemas póstumos* de Andityas Soares de Moura Costa Matos, terceiro livro num período curto, que revela sua criação intensa diante do horror, e no caminho diante do genocídio em curso no país, quando mesmo olhar para outros lugares não deixa de ser sufocante. É assim que ele conclui, algo desesperado e lúcido, que entre o genocídio político e o genocídio redobrado diante da pandemia, há "a morte de / gente boa / e a completa / completa / consciência / de que estou / preso / a um país / fascista / cujo / verdadeiro / problema / não é o genocida". De fato, o problema somos nós.

Porém, Andityas vê tudo isso de um modo cruel e inclemente com todos, inclusive consigo. A ironia destes poemas, que assumem inúmeras vozes de um mundo contemporâneo fatigado, são ao mesmo tempo nosso reflexo e nossa crítica mais violenta: das picuinhas das rodas literárias até quem não percebe que "só te falta a falta"; do vazio umbilical de quem afirma que "na minha finitude está / a solução de todos / os problemas do mundo" até o fim do sentido no roubo das palavras *Pallaksch, Pallaksch*, que ecoam um Hölderlin de Celan no presente. Nada será poupado: o genocídio está em curso.

No entanto, se, por um lado, o movimento aqui é de esgar e violência na linguagem, se o espírito inicial é de constatação de um fracasso estrondoso que nós mesmos escolhemos percorrer, como comunidade que abraça o genocídio e o genocida; por outro, os poemas de Andityas, em seus momentos mais francos, nos pontuam que seria possível um outro mundo, ou melhor, que um mundo sempre está no limite do impossível por se fazer.

Os caminhos são muitos. Pensemos um: em contraponto à loucura pátria de Abraão, que aceita um Deus incompreensível capaz de, numa verdadeira zoeira descabida, exigir seu filho Isaac em sacrifício, para logo depois dizer que não seria necessário, poderíamos imaginar uma mátria, com uma história muito diversa entre mãe e filha; o que seria um vínculo narrado pela negação de mãe e filha? Não se trata de um fato consumado, já que tudo nos convoca ao presente. Poderíamos, como Rosa Luxemburgo, relembrada no poema "Rosa ao rádio (Berlim, 1919)", perceber um pequeno gesto: "Ficar esperando pela música certa não. / Mudar de estação".

Todo poema que age no mundo é o germe dessa mudança. Um livro gira, muda as estações. É a poesia embrenhada na vida, anunciada desde a epígrafe de Agamben até à biografia de Andityas. *Poemas póstumos* são, antes de tudo, um movimento, um anseio de terremoto na vida presente.

Guilherme Gontijo Flores

incipit comoedia

já que se
esqueceram
como se escreve
a palavra
esquecida
só lhes resta
atirar
tortas de creme
uns nos
outros

é
mesmo
repelente

praça da liberdade

sempre odiei a praça
da liberdade
acesa como uma puta
barata
nesses natais de merda

os pipoqueiros
os namoradinhos
cheios de espinhas
a garotada má
e a caipirada
em geral
de bh

para-se o trânsito
traz-se a patroa
e seus ursinhos
fica-se por lá
na praça brega
toda iluminada

no dia
18
de dezembro
do ano da
peste
passei em frente
a ela
escura
dormente
distante
estrangeira

poucas vezes
me senti
tão
só

THEATRO MUNICIPAL

à maneira de Bukowski

você fala
você explode
grita
e não há
na cidade
ninguém tão foda
como você
falastrão
risonhão
punhetão

o planeta se ajoelha
a seus pés e adora
a latinha de cerveja
que você empunha
sua mulher inchada e varizenta
cheia de mordidas de mosquito nas coxas
é uma Grace Kelly

afinal
você manda em tudo
e está no seu direito

ao inundar a noite
com esse seu jeito de hiena
orgulhosa na cobertura
financiada por 30
longos anos

eu calmamente
penso
que só posso estar de
bom humor
– obrigado vinho –
ao dedicar um
poema
a esse tipo
de
gente

***

pensando melhor
uns minutos depois
encho a última taça
e ponho Scarlatti
para tocar
no último volume

satanás:

1. a entidade
cananeia
que joga
xadrez
com o
Senhor
alguns
linguistas
sugerem
a derivação
do persa
antigo
Shaittan:
o Acusador

2. o gato
da srta.
Clodilte
do 71

duas boas mulheres

alejandra

hoje
29 de novembro de 2020
comprei 54 garrafas
de vinho
barato
bebi 4
sobraram 50
para enfrentar
os trabalhos
e os
dias

emily

escrevo para pessoas como eu
mas pessoas como eu
não leem pessoas como eu

o resultado nas vendas é evidente

retrospectiva até agora

sobreviver a 2020
não é pouca coisa
além da peste
que se esconde
em cada canto
em cada rosto
no ar no mar
onde você menos espera
o genocida fez
das suas
fez bem o seu
trabalho
o medo o cansaço
diários
amigos alunos seres
que viraram
telas
sem fim
o corpo derretendo
fundindo-se ao
sofá
e a boiada
escrota
com suas carreatas
a ameaça da

II guerra civil
estadunidense
a extinção de mil
espécies
e a reflexão
sobre o que significa
ser vivo ser morto
ao mesmo tempo
ou nada disso

somem-se
as goladas de leite
da ku klux klan
a carestia
a desvalorização
da moeda
as máscaras da gucci
a moda dos estupros
o fim das florestas
o completo
completo
domínio dos
canalhas
a morte de
gente boa
e a completa
completa
consciência
de que estou

preso
a um país
fascista
cujo
verdadeiro
problema
não é o genocida

sobreviver a 2020
não é pouca coisa
por isso em transe
escrevo
este poema
e torço para que
não
justifique
o título deste livro

ainda sonâmbulo
ainda angustiado
ainda insone
ainda assustado
cativo do pior dos
males:
esperança

24 de dezembro de 2020

hoje estou me sentindo
muito
sensual
às vezes
escrevia
Ludwig
em código
nos seus
diários

onde a lógica
a palavra
a virtude
deus

nos dias em que
Ludwig
se sentia
sensual

já era

tenho um amigo
que conheci quando
eu tinha uns vinte e poucos anos
e ainda era uma promessa da nova
poesia brasileira
que, como se vê,
não deu em nada

naquela época
ele tinha mais de quarenta
e em razão de antigos
terríveis alcoolismos
já não bebia nada, só coca-cola
mas ele sempre me pareceu
bêbado de uma
esquisita felicidade

é poeta é músico
lhe encantam longas
chamadas telefônicas
me liga sempre
para reclamar da mulher

que o deixou e de como
isso é horrível
– aquela puta
aquela piranha
maravilhosa –

há mais de vinte anos
conversamos
e hoje pela primeira vez
ele me explicou
entre outras coisas
que o viagra está muito caro
e que nem sempre
dá certo com aquilo
que ele chamou de
seu "instrumento"

me deixou triste a voz
embargada e vacilante
com que me contava
suas desventuras

então me dei conta
de que
já era
um velho

on/off

o destino de tudo é tornar-se mercadoria
não só o divino rosto do Che
afogado pelo comunismo do capital
que subverteu seu sonho
ao privá-lo da propriedade particular
de si mesmo

dirigindo bêbado

as ruas infestadas de polícia
escapei
ainda não há
a onipotência

diabolous in musica

sem
você

a casa
cheia
de
fantasmas

nglaterra, 1958-1959 © Sergio Larrain/Magnum Photos

mágoa

quando eu já estiver morto
não estarei nem aí
quando

a temperatura do planeta
aumentar um grau
centígrado
a cada ano

e finalmente entenderem
que a pobreza me incomodava
apenas
esteticamente

e já não existirem mais
eleições disputadas
no tapa
por aqueles que
são bem piores
do que qualquer coisa
nesta confissão

quando eu estiver no caixão
direi tanto faz
ao fato de não ter sido
publicado por grandes editoras
que na minha época
– azar meu não ter nascido em
outro século –
preferiam sempre
as blogueiras negras
os gays militantes
e os oprimidos em geral
porque isso vende bem

já não me incomodarei
com a barriga crescente
a barba branca antes do cabelo
e o fôlego que falta
esse destino que
mais cedo ou mais tarde
chega para todo asmático

não passará pela minha cabeça
a cotação do dólar
a extinção do macaquinho X
nem a clareira que hoje plantam

– mas quando eu morrer já será deserto –
na Amazônia no Pantanal
e em todo quarto de hospital
que por sinal
não atenderá
quem não tiver
real em quantidade
ou yen euro e pragas assim

o sentido da vida
a fiabilidade da ciência
as traças inutilmente
combatidas com naftalina
e a inexorável imbecilidade
dos homens
serão só estas frases aí em cima
impressas no papel
nada mais

na minha finitude está
a solução de todos
os problemas do mundo

a filha que ainda não veio 2

papai, cê já dançou com atari?
chupou fita cassete?
isso acontecia né?
quando babalu era presidente
e a internet só servia
para a análise
antropológica da
lambada

lembra?

estava na moda
a dieta
para ficar
igual à chevette
aquela moça tão
linda
cheia de luz
com seu motor 1.4
glória a deus

o meu novo implante
craniano
papai
me permite cheirar cores
suar suores
em corpos que não
são os meus

esses todos
que você me deu
baixando baixando
lendo os códigos de barra
– no nosso caso
ISBNs –
perpetuando assim
a espécie

ao entrar
em suspensão
na orgia obrigatória
lei nº 347.2340
sinto me dizerem
e é como se eu
me dissesse:
papai não foi um
cara massa

escrevia
gastava os dedos
bebia

uva podre ainda por cima

estava sempre
caricatural
um rascunho de gente
com a cara empapuçada
de tanto chorar
foi o que eu vi

não há motivos para duvidar
foi o que eu vi

a dúvida
o espasmo
a veloz respiração
tudo coisa antiga
tudo da época de papai

ele pensa que morreu
tadinho
ninguém morre mais não
tenho papai aqui

24 horas por dia
compartilhado
24 horas por dia

compartilhado

agora papai é de todo mundo
ele vive neste
frame
neste drama
aqui

não se morre mais
papai

bobo
você não sabia?
bobo

***

tenho certeza
que papai está feliz
nesta nossa grande
colmeia

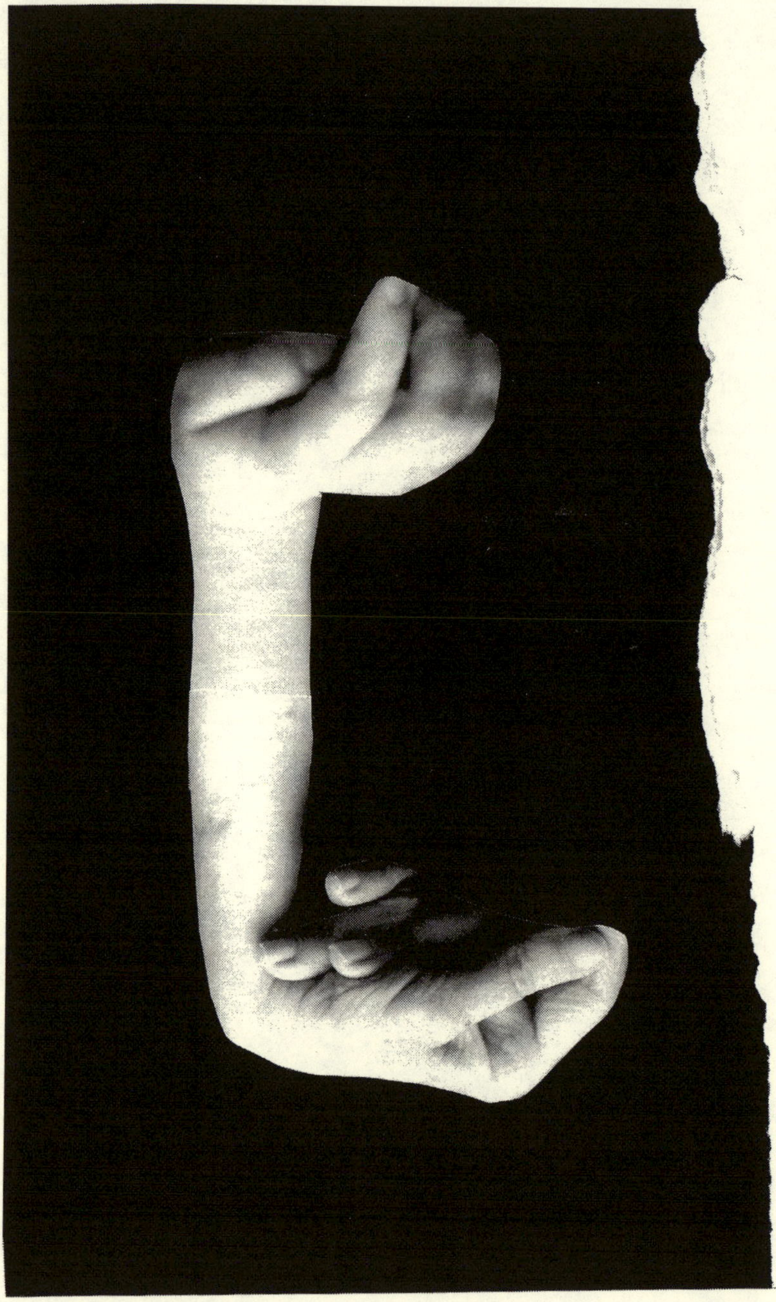

o tempo

perguntou ao tempo
quanto tempo
o tempo
tem

o tempo
respondeu ao tempo
que tem tanto tempo
quanto o tempo tem

e acrescentou:
– sê limpo

eu amaria I. V.

nunca vi essa gaja
nem sei quem
é essa garota
morena loura
até careca
vá lá

seu som
me lembra César Vallejo
pintor de fantásticas
sacerdotisas nuas
(de sandálias de prata)
aos pés dos dragões

certamente
ela já tem
dois filhos
e é feliz
com um professor
de natação

sem nunca ter visto
I. V.
ainda assim eu a amaria

porque ela nasceu em 1979
(seus pais prometeram não ter filhos
enquanto Franco vivesse)
é espanhola
e escreveu sobre
os Antigos
para mim

aos 15 anos, aplicando um questionário ao meu irmão de 5

1) Fale 2 coisas que são infinitas.

2) Como eram os números egípcios?

3) Escreva as letras gregas de que você se lembra.

4) Qual é o maior número do mundo? E o menor?

5) Escreva alguns números romanos.

6) Resolva:
6 + 3 + 3 + 4 vezes 2

7) Faça uma redação. Tema livre.

8) Cague fedendo.

9) Coma a bosta.

the gentle art

sei que vou ser odiado
por isso
mas sempre achei
Clarice Lispector
uma chata pretensiosa
por outras razões
não suporto Cora Coralina
gagá desde os vinte anos
os *Beatles* para mim
são um exemplo do que
Adorno queria dizer
com "regressão da audição"
aliás
Adorno é ilegível
um canalha que
seguro e quentinho
nos EUA
cobrava
do amigo Benjamin
notas fiscais para
justificar a troca de
suas solas de sapato

em uma Europa
nazificada
não suporto Caetano
e muito menos quem
o chama de Caetano
Guimarães Rosa
é o melhor exemplo
do que menos me
interessa na literatura
brasileira
– que pouco me interessa –
ao qual podem se somar
Jorge Amado Manoel de Barros
Cacaso os dois Andrades de SP e todos
os atuais
poetinhas-professores
e/ou frequentadores
do Leblon
nem preciso dizer que
Vinicius de Moraes é
um porre horrível
e que dele
só admiro
bilhete a Baudelaire

sei que vou ser odiado
por tudo isso
mas que se foda
estou morto
é para isso que servem
os livros póstumos

baseado em fatos reais

um nojento
qualquer
teve a nojenta
ideia de lançar
no Brasil
o *Vinho Genocida*
– com sobrenome *il mito*
já que nojentos não têm
a menor noção
do que escrever
em um rótulo de vinho –
pelo módico preço
de 139 reais
a unidade
(há promoção para
compras em grande
quantidade ou para
quem põe no carrinho
4 garrafas
com o lindo objetivo
de reunir os amigos)

que covardia com as uvas
coitadas das garrafas
as rolhas não merecem isso
se eu fosse a língua italiana
me mataria

ao mesmo tempo
o jeca oligofrênico
das Minas Geraes
aumentou o
ICMS
só sobre
o vinho
mantendo inalterada
a tributação
da cerveja
e do chope

eu nunca tinha
tido vergonha da
alegria
de beber vinho

até isso
os canalhas
nos arrancam

se você compreendeu
o que é
a morte
nada
mais
pode te ferir

* * *

poesia é comprimido
prosa lavagem
estomacal

a verdade

os poetas
políticos
estão sempre nas feiras
publicam nas
editoras com
projeção nacional
expansivas agressivas
empreendedoras

vão aos programas
da TV pública
classificam sem dó
dizem e desdizem
autorizam a glória alheia
tornam-na legível
publicável vendável
– "... dessa poética confessional ..."
– " ... mas europeu demais ..."
– " ... tão linear quanto *kitsch* ... "
– "e por falar em senzala
minha bisavó se lembra da época
em que tinha negros"

os poetas políticos
editam revistas
se dizem bissextos
alguns têm doutorado
em literatura e mesmo
dão aulas
comemoram a mais
nova bossa nova
e já ocuparam cargos
no Executivo
da social-democracia
do petismo
(que hoje renegam)
e dos velhacos neoliberais
julgam
no entanto
que é de mau gosto
criticar
o genocida
em versos

são jurados de concursos literários
fazem cu doce para escrever uma orelha
dirigem bibliotecas suplementos
gostariam de figurar
numa musiquinha

do Arnaldo Antunes
e sempre são vistos
altas horas da madrugada
na Lapa na Augusta
no Maletta em Praga Paris
com seus pulôveres
onde se fazem fotografar
para suas contracapas
entre uma oficina
de poesia
e outra

se julgam muito bons
grandes craques
das poéticas
do terceiro mundo
propõem brindes
inclusive

mas a verdade
é que só são julgados
bons graças à
política

poesia:
um detalhe
menor

esperança é o
sentimento
                mais

V O L Á T I L

que
            exi s   t e

macetes do *pac-man* (ainda com meu irmão de 5 anos)

- entrar nos buracos de escape
- poupar energia, mas comer quando estiver em perigo
- comer a superenergia   vale 100 pts. (acho)
- comer todos os pontinhos e passar de fase
- etc. e tal

vamos fazê-los suar

é por isso que vocês odeiam os gordos

agarro estas banhas
e descubro por que vocês odeiam os gordos

porque não podem desmarcar a aula de pilates
e a vontade do sanduíche fica só na vontade
porque alguém te diz
– e você acredita –
que a economia é a ciência dos bens escassos
e todo excesso só pode ser
mau

porque nós achamos a manteiga
bonita
e pescamos ainda congeladas
as batatas
no óleo quente
já vocês
só querem ser elegantes
desejados
invejados

como um tipo
de pós-moderna
família
fucking
real
britânica

vocês
odeiam os gordos
porque dividem o mundo
entre quem toma sorvete
e quem prefere ar-ra-sar
no batizado da sobrinha

o gordo é um animal
vamos fazê-lo suar
– eis o lema

aqui
cercado de rosquinhas
entendi então
porque o trabalho
liberta

e sempre libertará

pessoas que odeiam gordos
são as formigas
da fábula
da cigarra
e da
formiga

el de la isla

linda luz d'Espanha

torito bravo
agua nueva
fuente vieja
torito blanco

os homens e as mulheres
da Espanha
são melhores
que a Espanha

(pode-se dizer o mesmo
do Brasil?
– essa ficção?)

de um micrograma perdido de Robert Walser

para uma ironia
ser engraçada
temos que ter
absoluta certeza
de que provém
de um nosso
superior

volte algumas páginas
e substitua
a palavra
V O L Á T I L
por
F Ó S S I L

leia de novo
o poema

tome nota
das
profundas
modificações

no seu estado

geral

de ânimo

mátria

e Deus ordenou
ao pai Abraão
que sacrificasse
em holocausto
o filho Isaac
que o Senhor
lhe dera

o mais incrível
é que Abraão
ia mesmo
cortar o pescoço
de Isaac

precisaram detê-lo
dizer que era
zoação
de Deus

essa história
não seria bem assim
se fossem
mãe e filha

meu próximo
livro
– se existisse –
teria por título:
poemas porretas
do menino jesus

notei que o
menino jesus
incomoda

tenho dito por aí
olha que o menino jesus
era pobre e fedorento
pode ser
que o menino jesus
não tivesse olhos azuis
e cabelos castanhos
nem se sabe
se o menino jesus
era bom
em matemática
aparentemente não
pois de um pão
fez mil

ninguém sabe
nada
direito
porra
nenhuma
sobre esse putinho

só que
o menino jesus
não gosta de tortura

xingamentos

vamos lá:
homúnculo
gente chucra
marmota
seus... seus bilolas!
messalina
neurótico
pateta
filisteu
bobão

N.B.: O procedimento para a escrita deste poema exigiu que o poeta se postasse todos os dias na mesma esquina e por duas horas anotasse os xingamentos que conseguisse escutar as pessoas pronunciando ali. Os que estão acima reproduzidos foram aqueles ouvidos uma única vez cada um.

A vida não cabe na palavra!
A vida não cabe na palavra!
A vida não cabe na palavra!
A vida não cabe na palavra!
A vida não cabe na palavra!

A vida cabe na palavra!
A vida cabe na palavra!
A vida cabe na palavra!
A vida cabe na palavra!
A vida cabe na palavra!

Só sobrem

Assim como Walter Benjamin intuiu nos anos vinte o fim de várias profissões, percebo agora que os lixeiros estão em extinção. E eu digo lixeiros, não simplesmente garis; me refiro a quem se pendura nos caminhões, se joga na chuva, pega nosso lixo e, de alguma maneira, voa. Em Barcelona, hoje o papel dos lixeiros pertence a longos ganchos, manoplas de metal precisas e pontuais: rapidamente tocam premem suprimem o lixo. Nós ainda temos lixeiros e nisso não há nenhuma dimensão romântica. Ninguém nunca quis ser lixeiro ou desejou ao filho ou à filha querida esse trabalho pavoroso. E por isso mesmo, nestes dias de visibilidade universal e ininterrupta, os lixeiros já não podem sequer existir. Nossos sentimentos humanitários exigem que sobre eles só sobrem histórias, ditos, fragmentos.

escrever não é gostoso
sexo não é gostoso

são atividades extenuantes
exigem fibra suor desgaste

sexo não descansa
escrever não relaxa

os dois envolvem
a equívoca
necessidade
de fazer alguém
feliz

aliás
nada
do que te disserem
sobre ambos
será verdade

eles, os juízes

uma ordem sentenciante
não é simplesmente
uma ordem em que se sente antes
mas uma ordem
em que se sente
incrivelmente
bem

SONHADA•LUT'AMO-ROSA•DE•POLIFILO

eu sou o incunábulo
toque minhas páginas

te esperei nas ruas ausentes
quando havia suja chuva
letreiros
e tanta fumaça
tanta tanta
fumaça

nasci na renascença
inspirei história ludo lida
apertos de mãos
um ou dois
assassinatos

de mistérios me cerquei
e nas grandes livrarias
me vendem hoje
com desconto

não te farei sábio
muito menos tolerante
ou feliz hirto (com)passivo
o que você esperava?

eu sou de algum modo
você
eu sou de algum modo
este livro

não se atreva
a tocar minhas páginas

aquela música
que te fazia
levantar toda manhã

aquela que você
nunca
esqueceu

aquela pintura
aquele filme
aquele dia

tudo isso
para os meninos
de hoje
não passa de

redundância

a poesia está por aí
pobre de quem
precisa de um poeta
para conhecê-la
                    percebê-la
                                    amá-la
                                            vê-la

(escolha um verso
pra fechar)

também não

não é o broche
marielle vive
nem a saia hippie
não é a curtida
no *instagram*
do *digital influencer*
hipossuficiente
que publicou na
companhia
das letras

não é a cervejada
cantando a internacional
o hamburguer vegano
ou a campanha
pro haddad

a doação de um
saco de farinha
para entrar no
municipal e ver
a peça do brecht

interpretada
em quéchua
também não

sua tese sobre
pixação
sua estadia
na ocupação
a carta indignada
aos editores
a cara de quem
não entende
como machucamos
tanto
a mãe natureza
nada disso
não

sinto dizer
mas a tatuagem
não
ler o livro vermelho
de Mao
dar umas beijocas
no banheiro
do bar gay

ou sapata
também
não

assinar o
abaixo
assinado
a favor da
luta antimanicomial
levar o cachorro
para passear
comprar frutas
em cooperativas
certificadas
não

o que constrói você
são suas renúncias

ARS LONGA VITA BREVIS

– Doutor, é melhor comer lasanha ou hambúrguer?
– Nenhum. Os dois fazem mal.
– Mas se você fosse obrigado a escolher?
– Lasanha.
– Melhor lasanha então, né?
– Aos domingos me encanta.

disse me disse

orgulhoso
o grego disse
ao egípcio:
– sou filho de 7 gerações

o egípcio
riu
e disse
depois do riso:
– filho, há 100 gerações
já esquecemos
as gerações

em todo manual de
filosofia
e de
história
essa lenda
é contada

só se esquecem
de dizer
que o
egípcio
era
preto

Rosa ao rádio (Berlim, 1919)

Ficar esperando pela música certa não.
Mudar de estação.

para morrer bem

quero minhas
Poesias Completas
em grossos volumes
com capas de linho
quero ser tema
de tese
de quem mente
dizendo que não se importa
com tese
quero ser assunto
na Academia
ser nome de prêmio
de rua
de coleção de editora bacana
quero figurar em algum
ridículo discurso
presidencial
ser suspeito
de ser pai
quero passagens
grátis
para feiras literárias

em todo o
mundo
e de quebra
uns *vouchers*
para gastar
no *stand*
da Gallimard
(ou da Adelphi
no mínimo)
quero *groupies*
fãs clubes
e que
obviamente
minha voz
se eternize
com a gravação
de inúmeros
discos

quero jovens poetas
me masturbando

é de tudo isso que preciso
para morrer bem

um pequeniníssimo inferno

idosas redondas professoras
de L E T R A S
daquelas que gostam
de reprovar
os "estudantes"
que erram a
análise sintática
mocreias sebosas
a recitar
empostadas
intermináveis
arengas
de poetas
regionalistas

e assim sem fim
sem fim
sem fim

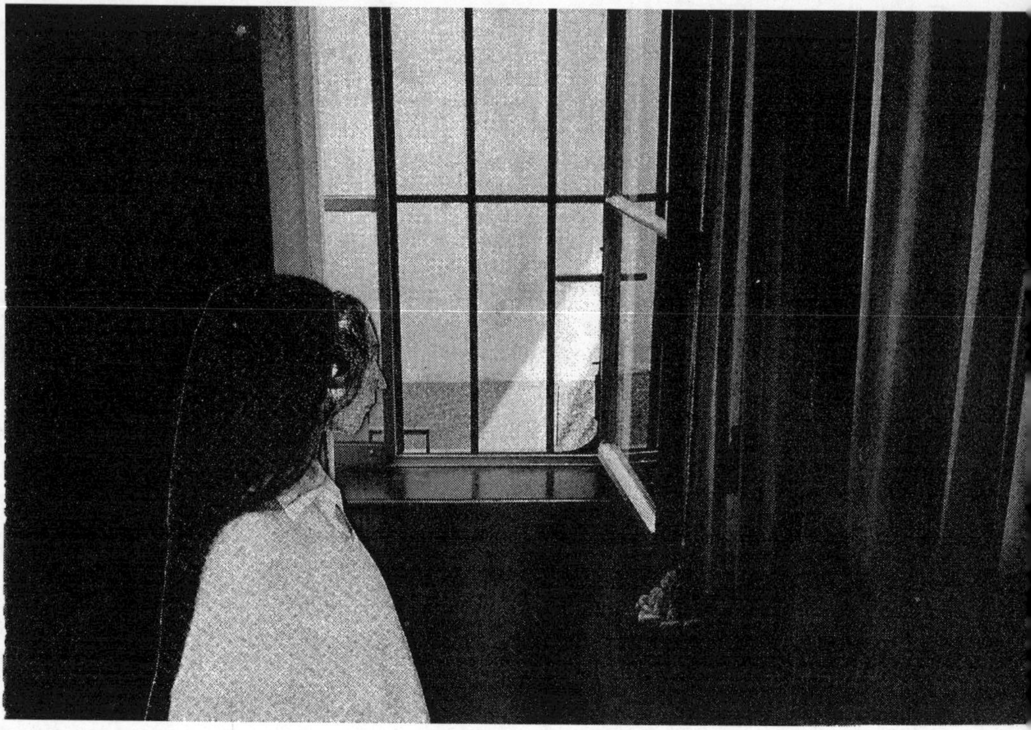

tatuagem encontrada no mindinho de Kafka

todos só temos
o que nos foi
destinado

pedir mais

complica
as coisas

átono

vivo no deserto
ouço as vozes
vejo as assombrações
devoro mel
e gafanhotos

sou tentado
no fundo da carne
tentado

muitos morreram
de sede

eu não
aqui só pode me matar
o amor

o homem que esqueceu como respirar

respirar
exige
mais esforço
do que a conquista
de mil
reinos
requer fina arte
ciência certa
e algum
esquecimento

antigamente
se respirava
hoje mal
nos lembramos
do doce olor
nos pulmões
cheios de
variados
cânceres
& fúrias

ninguém
me ensinou
a respirar
e talvez
por isso
esqueci
como se faz

não sei se vivo
ou morro
pouco importa
já que
aqui
agora
tudo se tornou

irrespirável

declaração

a natureza odeia o vácuo

cala boca desgraçado
vadia sem vergonha
vai lá vai lá dá neles
cagão do caralho
de jeito nenhum
preto fedaputa
consideramos estas verdades
como evidentes por si mesmas
agora você vai ver
só podia ser você mesmo
seu mongoloide, seu frouxo
que todos os homens são
dotados
de certos
pára pára por favor pára
tudo errado imbecil
experimenta ó ó ó
entre estes estão
a procura
seu bostinha

ajoelha aí
da felicidade
fecha o olho
num abre não
porra!

olha que eu te mato

o poder odeia o vácuo

Errata do poema anterior[1]

Consideramos estas verdades
como evidentes por si mesmas,
que todos os homens são criados iguais,
dotados pelo Criador
de certos direitos inalienáveis,
que entre estes estão
a vida, a liberdade e
a procura da felicidade.

---

1 Fonte: sítio eletrônico da Polícia Militar do Estado de São Paulo. Cf. <http://www4.policiamilitar.sp.gov.br/unidades/dpcdh/Normas_Direitos_Humanos/DECLARA%C3%87%C3%83O%20DE%20INDEPENDENCIA%20DOS%20EUA%20-04%20de%20julho%20de%201776%20-%20PORTUGU%C3%8AS.pdf> Consulta em: 06 ago. 2021.

velhos amigos

o primeiro toca-discos
que reproduzia cds
comprado por meu padrasto
o videocassete novo
o atari usado
a espera da revista
caras
que vinha com um
cd
de música clássica
– era o único
do estilo
que podíamos
comprar

inimaginável para você
jovem
a emoção deste
poema

você tem o *youtube*
a *netflix*
o *spotify*

só te falta a falta

severas limitações

ao saber
que eu gostaria
de ver o genocida
enforcado
um amigo
presa de
severas
limitações
me disse
que assim
eu me igualava
ao genocida

é um dos
argumentos
mais burros
que já
ouvi

equivale a dizer
que eu e o
genocida

somos iguais
por termos
ambos
duas orelhas
dois olhos
encimados por
sobrancelhas
dois buracos
no nariz

e respirarmos

ars amatoria, brasil, 2021

puna-se

quem sempre acreditou
quem nunca tinha acreditado e hoje acredita
quem acreditava e agora não está nem aí

P. R. I.

o gato fenomenológico

ele sente seu amor
ele sente seu ódio
quando você enjoa
ele enjoa também
faz cara ruim
tem medo de você
por ter muitas
emoções
pois
emoção
é coisa de gente
simples

com os bigodinhos
eriçados
o olhinho semiaberto
sonífero
e letal
ele me corrige
explicando
que o certo
não é "emoção"

e sim
"tonalidade
afetiva"
– "*Stimmung*"
complementa
com empáfia

é o nosso
bom e velho
amigo
o gato
fenomenológico

Pax romana

Tu, deitada no templo, decifrando as
escuras pilastras da casa, ouve
minhas palavras metálicas. Ainda
hoje saborearei teu corpo, quer
m'ofereças, quer não. Jasmins
tenho em minha carroça para
impressionar teus gostos arrojados.
Serei um afável salteador, roubando-te
as mais pecaminosas
excitações cerebrais. Ainda hoje tu
te deitarás comigo no prado.

Afastemo-nos da cidade. Então
apresentar-te-ei vários elixires,
temperos raríssimos.

Os milênios serão nossos confessores.

Da série *Eu também sei escrever poesia sensual*

arquitetura

já parou pra pensar no quebra-molas?
parece natural
brota do chão
você simplesmente
passa
e se esquece dele

hoje andei vários
quilômetros
sem ver nenhum
até o fim da minha favela

a partir dali
começaram a aparecer
de cem em cem
metros

Da série *Eu também sei escrever poesia social*

Négligée

Que orgulhosa ramagem é esta que tapa teu belo sexo?
Acaso podes esconder aquilo que não te foi dado no
início? Definhas, respiras e expiras pelo único
fogo – lagarto fiel e onírico que jamais esfria –
suficiente para arrancar-te suores. Ainda
assim, vejo-te em diferentes regiões e temperamentos.
O rosado transtorno das épocas vaporosas, o peito
pende resoluto. Que deleites extraordinários poderiam
cegar-te as inflexões provincianas, o jeito econômico
de dizer adeus? Portanto, o sempre renovado gotejar
de delícias, os vícios que, não estando ausentes, tocam-se
em uma renovada alegria de dosar
as volúpias!

Da série *Eu também sei escrever poesia surreal*

Jovem Buda

– O que sente o homem que come a pimenta?
– Sente o ardor, sua anta.

da série *Eu também sei escrever poesia marginal*

por que você não cala a boca?
você mesmo
você mesmo aí pançudo
regurgitando certezas

por que você não
simplesmente
cala a merda dessa boca?

olhai os lírios do campo
que não fiam nem tecem
olhai os pássaros
que voam

todos de biquinho
bem caladinho

contra o horror

ao acordar
não perca a
fé
na raça
humana

ela já
e
sempre
P R O D U Z I U
p. j. harvey

a grandeza da poesia brasileira

a poeta-sensação
do *insta* e do *face*
muito feminista
e tudo mais
recorde de
vendas
já se acha
uma Szymborska
nem sequer respondeu
a mensagem
em que eu lhe oferecia
meu livro

o poeta descolado
risonho
que manda cartõezinhos
com lindas gravuras
a seus leitores
– um mimo –
também ignorou
minha oferta

por fim
já humilhado
quis dar meu
livro
a um poetinha
do tipo nervoso
que escreve
ensaios
em seu *blog*
ontem publicou
um sobre
o poeta
descolado
risonho

também não se interessou

hino

os deuses
me segredaram:

há mais

do que
a vil vida
no Brasil

só

o desejo não corresponde a nada
o desejo não representa nada
sobretudo
não lembra nada

o desejo não precisa de nada
o desejo que em todos nada
não deseja nada

desejo é desejo

sábado, 20 de março de 2021 (dia internacional da felicidade)

me alegra ver os parques cercados
os bares fechados

me alegra o toque de recolher
o palhaço-genocida
– eleito pelo povo
e pronto para mais 4 anos –
vomitando mentiras
rindo
gargalhando

me alegra o dever de lavar
cada coisa comprada
no supermercado
porque tudo está
contaminado

me alegra a falta da vacina
a falta de beijos

os que querem
e os que renunciam
à vacina e aos beijos
também me alegram

me alegra a alta dos juros
a aceleração da inflação
e o fato de um saco de arroz
estar muito mais caro hoje
do que em 2018

me alegram as motociatas fascistas
os pastores vendendo
óleo santo
os juízes absolvendo
torturadores
e capangas
de torturadores

me alegra ser informado
de que o turista brasileiro
só é bem-vindo
no Afeganistão

me alegra ler no jornal
que a fina flor

dos Jardins e de
Copacabana
– esses patriotas –
está internada
em maravilhosos
hospitais
espelhados
arrojados
e
empreendedores
nos quais
se lhes pode
oferecer
enfermeiras
de shortinhos
ou de burca
mas não
infelizmente
oxigênio
(se você
pensou no
jatinho da
Golden Cross
para te levar ao
Johns Hopkins
lembre-se:
ele só chega até o
Afeganistão)

me alegra começar
as frases acima
com pronome
oblíquo
átono

me alegra saber
que este mundo
já não é mais
possível

uma ideia

ora, uma carapaça!
o plano a meta o fato
no ato: uma carapaça!
algo para se entrar dentro
sim, uma carapaça!
como não pensei nisso antes?
só preciso de uma carapaça

quer se esconder?
não aguenta mais?
pensa que não pode?
caramba, você é dos nossos!
você que sem saber
implora por uma
ca ra pa ça

que grande sonho
que grande verdade
se incrusta
nas placas
de uma grande

CA RA PA ÇA

não aqui

estrela fria
na alta madrugada
estrela
estrela
de Bandeira

gelo e luz
na alva
fatigada

beijam-se os
cavalos
em lentos
rituais

em algum lugar

amanhece

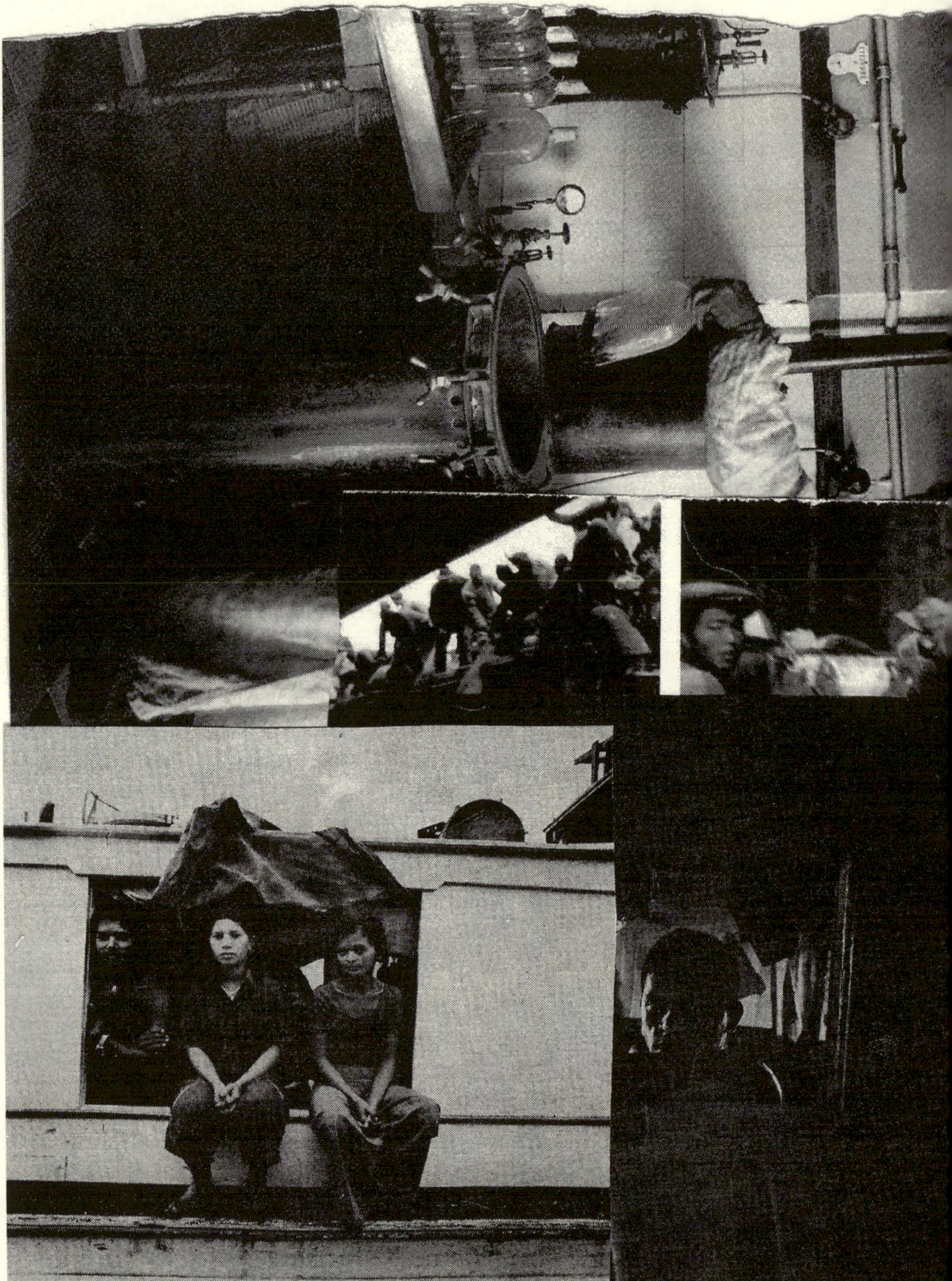

novos talentos

um menino
brinca
com um
dinossauro
de plástico

será um paleontólogo
estudará as
hierarquias ferozes
dirá de mil séculos
ensinará o futuro
e na escama da
beleza talvez
se encontrará
mas nem pensa muito nisso
brinca e sabe
que amará as carcaças
amará
e se fará amar
na pedra lancinante
dos desertos
terá a cicatriz

sorrirá
verá o sol bem
vermelho
dará de si
o pão e o mel
dedilhará brânquias
será feliz

– neste país
graçasadeus
não tem essa
viadagem
não
vem cá
menino
qual é o
time
do dinossauro?

your satanic majesty

para mim ainda é obscuro
o momento de morrer
querer mais
seria forçar a musa

da floresta de signos
arrancar algum
dizer meia noite
escrever o soneto
confundir
com sossego
nada muito bom
mas musicalmente soberbo
que o puto cante
cante

– não não
quem te fala é Diónysos
o velho
o ardido
o despedaçado

quem pensa em Diónysos de cachinhos
perde seu tempo
não era pacífico
um tição preto
um arrogante
pássaro de quem meu padastro
ria
provocando
– tição tição
e hoje
ele morto me ensina
tição
o pássaro preto
é Diónysos

lançar a garrafa
nos telhados do bairro burguês
gargalhar sozinho
um cão
– quem é que foi
porra?
canta o burgo
quem mente está
a um passo da verdade
o que mais poderia dizer?
pobre macaco

Osman Lins
satisfeito sabendo
que tudo é aldrava
xeque sonho canção
solo de arco-íris

uma greve explode em Antioquia
cansado de registrar tudo isso
e por isso mesmo
registro

o tempo: um
peixe virulento
desordem é bom
na trevura conjura o pão
me esqueço me

abandono de si

rejeição

que só serve
para rimar com pão

– dividimos mais esse fracasso?
– claro! outra rodada, garçom!

homem de bem

aquele lá
é bêbado
ali o rapaiz
tãtã
mais pra frente
o mulato
traficante
que pega
a putinha
da rua dibaxo
tem também otro
que riu
na cara do pastor
tem a dona dos
retardado
tem mais esse
sem vergonha
que falô que
Nosso Senhor
era comunista
alá o velho
que levanta

os beiço alá
tá sempre cuns livru
parece que vai
dá poblema

vô tê qu'inquadrá todo mundo
eu que uso a farda
a bandêra
sô bom
i'amigo du Rei

argumentos kafkianos

alguém
para sempre preso
em uma fonoteca
sem vitrola

criar um
cachorrinho
e vê-lo fugindo
sozinho

em algum
lugar
falação
música alta
com a qual
se sonha
toda a
noite

uma vez
tatuado
pedir
por amor de deus

a correção
em língua
estrangeira

tudo aquilo
que te diz
pessoalmente
respeito
convertido
em pífia
lição de
moral

cara rancorosa
pequeno e mau
trancado
no terceiro
andar
do predinho

bebe
mas nem por
isso se esquece
especialmente
porque nunca
bebe

a literatura tem
sempre mais
a oferecer

caçando   sim
contudo   sem
isca

é tarde
demais
para a esperança
Ottla

depois de 42
anos de vida
só aprendi
uma coisa:

– não quero
ser
um inquisidor

não devorar a derradeira
batata frita
deixar a ultimíssima guimba
não fumada

desde jovem
me é difícil
lidar com o
fim

ou seja
a
morte

instagram

se não tiver a ver com
gatinhos
Calasso
Agamben
látex
sandálias

não
me
interessa

peça final

os versos
dos poemas
deste livro
são simplificações
resumos
das linhas
e parágrafos
de um grande
romance
não
escrito

isso traz duas
consequências:

1. o livro
que eu queria
de verdade
será para
sempre
secreto

2. todos
os poemas
aqui
se relacionam

uns
com
os
outros

Pallaksch, Pallaksch

Se é a morte, não somos nós.
Se somos nós, não é a morte.

Epicuro

Sobre o autor

ANDITYAS SOARES DE MOURA COSTA MATOS é escritor, tradutor e professor universitário na Universidade Federal de Minas Gerais. Mestre e Doutor em Filosofia do Direito pela UFMG. Doutor em Filosofia pela Universidade de Coimbra. Pós-Doutor em Filosofia do Direito pela *Universitat de Barcelona*. Desde 2012 coordena na UFMG o Grupo de Pesquisa *O estado de exceção no Brasil contemporâneo*. Publicou os livros de poemas *Lentus in umbra* (edição própria, 2001; edição espanhola com tradução de Francisco Álvarez Velasco, Trea, 2002), *OS enCANTOS* (in vento, 2003), *FOMEFORTE* (in vento, 2005), *Algo indecifravelmente veloz* (antologia poética editada em Portugal, Edium, 2007), *Auroras consurgem* (7Letras, 2010), *Deus está dirigindo bêbado e nós estamos presos no porta-malas* (Urutau, 2019) e *Poemas para a noite dos mor-*

tos-vivos (Urutau, 2020), além do livro de contos *Oroboro* – lançado em Portugal (Temas Originais, 2010) e no Brasil (7Letras, 2012) – e a prosa autobiográfica *A parodia vivente ou a pavorosa sciencia de vêr: memórias de um pé quebrado* (Urutau, 2021). O seu ensaio *A letra e o ar: palavra-liberdade na poesia de Xosé Lois García* foi publicado em Portugal (Universitária, 2004) e na Galiza (Trad. Amelia Piñeiro Santorum, Toxosoutos, 2009). Organizou os volumes *Lírica de Camões: uma seleção* (Crisálida, 2004) e *Poesia é flor de alto calibre: antologia poética de Xosé Lois García* (Universidade Estadual do Centro-Oeste do Paraná, 2021). Traduziu *A rosa dos claustros* (Crisálida, 2004) da galega Rosalía de Castro, *Isso* (em parceria com Leonardo Gonçalves, Universidade de Brasília, 2004), *Com/posições* (Crisálida, 2007) e *dibaxu/debaixo* (Edium, 2007; Secretaria de Cultura do Estado do Ceará/Universidade Federal do Ceará, 2009), todos do argentino Juan Gelman, além da plaquete *À boa teta e outros quatro licenciosos poemas da França renascentista* (Crisálida, 2005). Traduziu e publicou no *Suplemento Literário de Minas Gerais* poemas do catalão Joan Brossa.

Contatos:
vergiliopublius@hotmail.com
andityas@ufmg.br
https://www.instagram.com/poesiandityas/
https://ufmg.academia.edu/AndityasSoares

Este livro
foi impresso em papel
pólen soft, com a tipologia Min-
ion Pro 12/16 durante a primave-
ra de 2021, terceiro ano
do genocídio.